形成七

けいせいセブン

ミカヅキカグリ

もくじ

はじめに。

エッセイ『形成七』は、わたしの2冊目のエッセイだ。タイトルが示すとおり、わたしを［形づくっているもの7つ］をめぐるエッセイ。好きなものについて語るのは、でたん!!愉しかった!!　『でたん』とは、北九州の方言で『どえりゃー』のようなもの。

この本は6冊に渡った2019年の刊行ラッシュのラストを飾るものであるとしていたけれど、実際には刊行が遅れに遅れてしまった。いまはもう、2020年年の3月!!　今年からはペースを落とし、その分、丁寧な本作りを心がけてゆきたい!!　すでに、本文は9割くらい完成しているけれど、状況が変わってしまったことがいくつもある。なんと云っても、いちばんはコロナ旋風のパンデミック!!　かなり人類が危機に瀕している気がしてならない。山村貞子のリングウィルスが想起されてならないのだが、今回は正真正銘ほんまもんの脅威である。だけど、こんなときだからこそ芸術が必要なのだとわたしは信じる!!

形成一・短歌

短歌はわたしにとって、もっとも最近に出逢った詩型である。短歌に出逢ったのは、2010年のこと。たまたま同性愛の本を借りていたうちに、何故か短歌の本があったのだ。

話は逸れるが、ミカヅキは四肢麻痺のため本のページを捲れない。ゆえに、点字図書館からデイジー図書（音訳図書）を貸し出してもらっている。本来は点字図書館のデイジー図書は、視覚障害者のためのものなのだが、わたしはただぴ（父上）の発案で特別に頼んで貸し出していただいているのである。

とにかく、そのときたまたま借りたのが穂村弘さんの『短歌の友人』。その本の中で気になった飯田有子さんと東直子さんをググったところ、どちらも歌人集団かばん所属。かばんを調べたところ、折りしも前期の入会〆切当日!!　運命を感じ、かばんに入会した。

こうして、わたしと短歌は運命の出会いを果たしたのだった。

一の一．言語野はいかなる原野　まなうらのしずくを月、と誰かがよんだ　佐藤弓生

美しい言葉で真実を詠った名歌。

上句の「言語野はいかなる原野」の導入から、「まなうらのしずく」の具象へとわれわれ読者は自然に惹き込まれてしまうだろう。そうして、惹き込まれて辿り着いたは、「月」と云う名前がうまれる過程と云うおどろきと新鮮さ。

『月』が『月』と云う名前を獲得したのは、どう云うわけだろう……なぜ、バケツやたまごではないのだろう……『月』はほかのどの言葉よりも、天に耀くあの地球の衛星に似つかわしい名称だとわたしには思える。日本語の『つき』と云う音、『月』と云う漢字の文字、どちらをとっても、まったくあの天体の呼称に相応しい。

前述したように、この歌は「言語野はいかなる原野」とのふしぎな導入で幕を開ける。脳のなかで言語を司る言語野のふしぎ、と云う点に歌人はまず想いを馳せる。歌人につられるかたちで(或いは誘われると云い換えても介意《かま》わないと思う)、

われわれ読者も遥かなる言語野を想う。次につづく「まなうらのしずく」とは、視神経がとらえた像のことにちがいない。それにしても、なんと美しい日本語だろう……!! そうしておいて、「月とだれかがよんだ」の着地が示される。遥かなる言語野から、月、と云うことばがもたらされる。そのかけがえのない刹那を見事にこの歌は詠っている。

それはいっそ小気味よいほどの見事さで、われわれをふたたび上句「言語野はいかなる原野」の普遍へと回帰させるのである。

やがて待っているのは、鮮烈な感動。素晴らしい流れだ。

1の2. あなたが月とよんでいるものはここでは少年とよばれている　フラワーしげる

少年と月。組み合わせがめちゃくちゃ、好みだ。

月、とわたしがよぶものは、あの移り気な天体である。それが「少年」とよばれる場所とは、はたしてどのようなところなのだろう……？　少年の美がぜったいの権威になるような世界かも知れない。素晴らしいではないか!!

この少年はしかし、映画『ベニスに死す』でアシェンバッハを魅了したタッジオのような、ギリシャ風の少年ではなく、もっと和風の『黒髪に紅い唇の美童』にちがいない、とわたしは思う。

敬愛する長野まゆみさん（作家）によれば、「美少年」には幾つかの条件がある。

ここで、引用してみる。

1、容貌と知性を兼ね備えていること
2、「少女とみまごう」などという表現はタブーであり、月並みなこと
3、少年には少年としての骨格があること
4、最も重要な本質は、カムパネルラであること
5、碧眼金髪く黒髪丹朱の美童
6、性を超越した「無性」であること

形成七

7、少年こそが「清楚可憐」に相応しいこと

この歌の月であり少年である存在は、わたしにこの定義を喚起させずにはおかない存在だ。歌人はひと言も「美少年」とは云っていないにも拘らず、である。長野まゆみさんの定義にあったような『黒髪丹朱の美童』が婉然と紅い唇で月のもとに佇む景が鮮やかに立ち現れる。このとき、少年は月であり、月はまた少年であるのだ。見事に想像を掻きたてる歌であると云って善いだろう

1の3. いまきみの胸に溢れているひかりそれがあこがれまぶしいでしょう　伴　風花

幼い我が子にやさしく語りかける歌である。ひらがなを多用した平明でやわらかな語句が織りなす世界は、それこそ「ひかり」のように「まぶしい」。それが「あこがれ」であると歌人は詠っているのだ。

形成七

前の二首の名づけを踏襲する部分がこの歌にはある。しかし、この場合の『名づけ』は人類単位のそれではなく、あくまで母と子の唯一無二の個人的体験としての名づけ行為である。

わたしは想像する。

この歌で親子はおそらく公園にいるのだろうと。そんなことは、ひと言も語られてはいないのだが……。

幼い、まだ足どりの覚束ない子どもが陽射しのなかヨチヨチと歩んでいる。

歩みの先にちいさな花が咲いている。

花に気づいた子どもが母親を振り返り、きゃっきゃっと愉しげに笑う。

母親も自然と微笑む。

そんな平和な一コマをわたしは想像する。

それを「あこがれ」と名づける母親の心情に想いを馳せる。それはきっとまぶしい煌めきに満ちているのではないか？　そんな想像を喚起する歌である。

そうして、だからこそ、母親は最後にこう云うのだ。「まぶしいでしょう」!!

一の4．練習を終えて倒れる君の背に発芽してゆくTシャツのしわ　若草のみち

この歌の「君」の終えた「練習」とはなんであろうか？　一般的に考えると部活であると思われる。では、なんの部活だろう？　正解は歌人にしか知り得ないことであるが、想像してみることはできる。

グラウンドでやるスポーツが想像される。そのなかでも、わたしが思い浮かべたのは、野球かサッカーである。そのうちの「どちらがそれっぽいか？」とわたしは考えてみる。「発芽していく」とあることの連想から、「君」が「倒れた」のは、植物の上ではないか、とわたしは考えた。つまり芝の上、サッカーではないか、と。

過酷なサッカーの「練習を終え」、燃え尽きてグラウンドに「倒れ」こむ少年。その「Tシャツ」にできた「しわ」があたかも植物が「発芽していく」このごとくに有機的に息づいて見える。

それだけの歌なのだが、そこにある青春の匂いは手触りさえ感じさせてリアルだ。

しかし、ほんとうにそうだろうか……？

歌人はこれをリアルで詠んでいるのであろうか……？

否、とわたしは思う。これはおそらく『青春の缶詰』であろう。フリーズドライ、と云い換えることもできるかも知れない。

切りとられた情景はかえって、現実そのものよりもリアルで真に迫って感じられるものである。その意味でこの歌は実際の青春以上に青春のリアルな手触りや匂いを伝えてくれるのである。

1の5．世界中のなかまはずれが集まって造った眠るための惑星　みたかあめ

実を云うと、わたしの第二詩集『立脚点』に収録した詩「幻の惑星ネム」の元ネタとなったのがこの歌である。

［幻の惑星ネム］

憧れている場所がある。
地球の周りを人工衛星の軌道に乗って回り続けていると云う、
記録には残っていない幻の惑星ネム。

世界中の仲間はずれが集まって造った眠るための惑星。
惑星ネム完成後、
当時の地球のアウトローたちは、
みんなそこに旅立ち、眠りに就いた。

アウトローたちを追い出したマジョリティーは、
惑星ネム関連の記録をすべて抹消し、
アウトローたちを追い出したことを祝って、連日連夜どんちゃん騒ぎをした。
こうして地球は、ますます不夜城と化した。

（後略）

思わず、詩にしてしまうくらいに心惹かれた一首だ。
この歌をはじめて読んだころ、わたしは酷く病んでいた。拒食症だった。20kgくらいまで体重も落ち込んでいて、とてつもなくこころぼそかった。殆ど、死にかけていた。つらかった。そんなわたしの寂寥に歌は響いた!! 救われたと感じた!!

1の6. 目を閉じてこの身にあたるぶんだけを雨とおもえば怖くはないわ　雪舟えま

なんだか勇気をもらえる歌である。傘を放り出して、躰《からだ》に雨を受けながら、佇む。「だいじょうぶだいじょうぶ。こわくはないわ」と云い聞かせながら……!! けれども、この主体は決して現在進行形で強いわけではない。強いわけぢゃないけれど、強く凛とありたい!! と願うひとなのである。希求していると云い換えても介意《かま》わないだろう。「こわくはないわ」と自分に云い聞かせながら、主体は世界に対峙するのだ。

だけど、そのことばの背後には、こわくて堪らない本音が透けている。なにがこわいのか? この短歌で示されているのは、躰《からだ》を打つ「雨」である。それはときに、他者の視線やことばであろうし、もしかすると自分で自分を視る視線かも知れない。或いは、そのような読みは余計かも知れず、単にほんとうに降る雨が主体はこわいのかも知れない。

いずれの読みがほんとうかは作者しか知り得ないことだが、いったん作品として発表されたものは作者の思惑を超えて読者のものになるとわたしは信じているため、その見地に立ってこれを書いているが、いずれの読みを採用するにせよ、励まされる歌である。この歌に出逢って以来、わたしはことあるごとに呟く、「こわくはないわ」、と。

もうひとつのポイントは「目を閉じて」である。ともすれば、現実は実際以上に

形成七

巨大に感じられる。ちっぽけな自分では太刀打ちできないと思うかも知れない。眸《め》で見ることによって、逆に本質を捉えそこねてしまうこともあるだろう。そんなときは、いっそ「目を閉じて」、感覚を研ぎ澄ませれば善いとこの歌は教えてくれる。

躰《からだ》ひとつ……立ち向かうべき現実は「この身にあたるぶんだけ」で介意《かま》わないのだと。それだけでだいじょうぶだよ、とこの歌は励ましてくれているようである。短歌は、詩歌であるのみならず、読むひとの傍らに寄り添ってくれる文学なのである。少なくともわたしはそう信じている。

1の7．わたしから喪《うしな》われてく社会性でもだいじょうぶ　爪は切ってる　ミカヅキカゲリ

手前味噌で恐縮だが、ラストに自分の短歌を引用《ひ》いてみたいと思う。自分にとって、自明なことを詠ってみた。爪を切ることはわたしにとって、或る種類の『契約』なのである。社会性を喪《うしな》わないための『契約』。それはなんでもない個人の実感でしかないわけだけど、こうして一首として切りとってみるとそれはそのまま短歌になっている。

介助者がこの歌について、「判らないけれどおもしろい」と云っていた。判らないのは『社会性』と『爪を切る』のつながりで、おもしろいのはそれを『でもだいじょうぶ』と云い切るところだろう。

読みはこのくらいにして、短歌についてもう少し見てみよう。

まとめ

前述したように、『短歌の友人』の昂奮も醒めやらぬうちにわたしはかばん（短歌同人誌）に入り、作歌をはじめた。そのため、読みながら、詠みながら、短歌と云う詩歌に特有の特性や雰囲気を少しずつ、それこそ10年を費やして、わたしは掴んできたことになる。

裏を返せば、あらかじめ特別な素養などなにも持ち合わせていなかったとしても、10年もやっていれば、この程度の読み/詠みは可能になると云うことでもあるわけなのだ。

最後に、わたしが考える短歌を詠むことにおける最大のメリットを挙げて、本章の結びとしたい。

わたしが折に触れて短歌を詠むため、或る介助者に云われたことがある。「折々の心情を短歌にするなんて、まさしく雅やかな平安貴族の嗜みですよ‼」と。雅やかな平安貴族の嗜みであるかどうかはともかくとしても、わたしが折々の心情を短歌に仮託して詠んでいるのはほんとう。心情を短歌の定型（５７５７７）にあてはめることによって、刹那は刹那を超える。或る永遠性を獲得すると云っても過言ではないと思われる。キモチの鮮度をそのままに丸ごと保存することが可能だと云う気がしてならないのだ。ひとつには定型の音律をとることによって、覚えやすくなると云ったことも理由として考えられるだろう。

或いは、短歌は世界のともすれば容易く喪《うしな》われがちな刹那を切りとれるフレームワークのようなツールであると云ってしまっても介意《かま》わないかも知れない。

形成二・音楽

2の一．HYDE『ZIPANG』

『ZIPANG』は、HYDEのバラードシングルである。タイトルどおり、古き善きこの国の情景を美しい日本語とヨナ抜き音階で描いた壮大なバラードだ。

ZIPANG
歌詞：HYDE

遠き日見し麗しの
日出る国よ　まだ
うつろわず　その姿
映せりや　今も

舞い降る花香る春
みずかがみ涼し夏
秋きぬと月見あぐ
温めあゆる冬よ

あの巡り来る季節を
いとおしむ心へと
ひかりは　生まれ来るのだろう

めくりめく社会の隅で
心取り残され
先をせく人波に　見えなくなる
僕が消えてく

The sun's gonna rise
The sun's gonna rise

あの鮮やかなる都
慎ましい人々へ

形成七

ひかりは　今日も太陽は
昇りゆくのだろう

遠き日見し麗しの
日出る国よ　まだ
うつろわず　その姿
映せりや　今も

この、「映せりや」はどう云う意味なのだろうか？「映してきたことだなあ」と云う解釈で合っているか？有識者（？）に「お知恵を貸していただけませんか？」と、メールしてみた。返信には「『遠い（昔の）日に見た麗しの太陽が昇る国よ、まだ色あせることなく　その（昇る太陽に輝く）姿を』とあるので『映せりや』はサ行四段活用「映す」已然形＋存続の助動詞「り」終止形＋係助詞「り」（問ひの意を表す）、で『映してゐるだらうか、今も』と解釈することになります。この問がこの曲の歌詞の重要なモティフ（動機）となります」とあった。

対訳。

遠い（昔の）日に見た麗しの
太陽が昇る国よ、まだ
色あせることなく　その（昇る太陽に輝く）姿を
映しているだろうか　今も

舞い降る花の香る春
水面に映る物影の涼しい夏
秋が来たと月を見挙げる
温めあっている冬よ

あの巡り来る季節を
大事にする心へと
光は　生まれ来るのだろう

めがくらむ（ほどめまぐるしい）社会の隅で

形成七

心が取り残され
先を焦る人波に、見えなくなる
僕が消えてゆく

太陽は昇りつつある
太陽は昇りつつある

あの鮮やかな都
（そこに生きている）慎ましい人々へ
ひかりは、今日も太陽は
昇りゆくのだろう

遠い（昔の）日に見た麗しの
太陽が昇る国よ、まだ
色あせることなく　その（昇る太陽に輝く）姿を

映しているだろうか　今も

こんな感じになると思われる。麗しの歌詞だと思いませんか？　つまり、慎ましやかに生きる人々に太陽が昇ることを希求する歌詞の曲であると云える。それはおそらく他の国との比較ではなくそれだけの美徳をこの国土は保てているかと云う危機感のあらわれともとれる。この危機感はわたしにも判る気がする。とりわけ、昨今の嫌韓報道などを見聞するほどに高まるばかり。その意味でも、『いま』を映し出した曲だと云えよう。

2の2. L'Arc～en～Ciel『叙情詩』

わたしの［奪われた］と云う詩はこの『叙情詩』が元になっている。

［奪われた］（ミカヅキカゲリ第二詩集『立脚点』収録）

鮮やかな季節がやってきて、
わたしはあなたに奪われた

この短い詩の元になったのが、『叙情詩』の歌詞の一節。

なびく鮮やかな風が僕を奪う

この歌詞の素晴らしさは勿論のこと、曲もPVも素晴らしい。

とりわけPVのhydeさんは、魔術師みたいでめちゃくちゃ麗しいです。

hydeさん以外も、『叙情詩』のPVは美しい!! 絵巻物のように展開する場面たちはどことなく浪漫派っぽく、綺麗である。そして、どこか、PVは官能的でさえある。

2の3. シューベルト『渡り鳥の秋の歌』

シューベルトの歌曲が好きだ。とくに、ボーイソプラノで歌われたもの。

紹介する『渡り鳥の秋の歌』は、わたしが持っている旧いCDに収録されている。

ウィーン少年合唱団のメンバーが数人で歌った曲を集めたCD。この中にシューベルトの曲は数曲入っているが、とりわけこの『渡り鳥の秋の歌』は、素晴らしい!! タイトルが示すとおり、この歌はほんとうに美しく、切ない。

『渡り鳥の秋の歌』は、基本的に少年ふたりがハモって進んでゆく。ソプラノとアルトはユニゾンでハモってゆく。そのユニゾンのメロディーは、ドラマチックでさえあり、秋らしいどこかもの淋しい美しさに充ちている。『渡り鳥の秋の歌』以外にも、このCDの曲はどれもとても善い!! その昔、ウィーン少年合唱団の公演を聴きに行ったときに求めたこのCDをいままで、なんど聞いたか知れない。その点で、どれだけこのCDは、お買い得であるだろう。わたしが個人的に、少人数で歌ったものが好きだと云うことも云えるかも知れない。ウィーン少年合唱団がぜんたいで歌ったものももちろん素晴らしいのだけど、このCDのように少人数でひっそりと歌ったものはとくにひとりで聴くにはちょうど善く、相応しいような気がわたしにはしている。ぜひ、ふだんクラシックに馴染みがないあなたに聴いてほしいと思う。

2の3. 椎名へきる『空をあきらめない』

わたしのテーマソングなのが椎名へきるの『空をあきらめない』である。

昔から善いな〜と思っていたけれど、車椅子になったいまではテーマソングだと思えるほどだ。

　　翼が折れてるくらいでね　空をあきらめない
　　自分の力で飛ぶために　信じることからはじめよう

車椅子になって、わたしの翼は折れてしまったのだと思った。思ったけれど、空をあきらめるのは厭《いや》だった。高みも空も人生も自分もあきらめない!!　そう心に誓った。

誓ったものの、はじめのうちは不安だったのだけど、そんなときは『空をあきらめない』を聴いて、気分をアゲてさまざまなことに挑戦した。介助者をつけてのひとり暮らし、ミカヅキカゲリ第一詩集『水鏡』の出版、障害者支援ショップ『一丁目の元気』や書店での販売、ISBN取得、ちいさな出版社＊†　三日月少女革命　†の展開から執筆・出版まで、などなど……。

いま、わたしは願っている。かつて『空をあきらめない』がわたしに力をくれたように、わたしの存在や挑戦が明日を生きる誰かの勇気になれれば善いな〜と思うのだ。

椎名へきるとともに歌いながら、わたしは今日も空をあきらめないでことばを綴っている。今日もこれからも。

2の4．椎名林檎『長く短い祭』

椎名は椎名でもお次は、椎名林檎嬢。どんどん凄味を増して行くアーティストなので、名曲は数多《あまた》あれど、『長く短い祭』に至っては、殆ど芸術の域である!!「忘れまじおじおじさん」こと元・東京事変の浮雲さんとの絡みあいはもはや絵画!!

2の5．Joseph Mcmannars『walking in the air』

自殺未遂よりも前、渋谷センター街のHMVでJoseph Mcmannars『IN DREAM』

と云うCDを買った。完璧なるジャケ買い!! めちゃくちゃ可愛かったのだ。金髪の少年。
『walking .in the air』は、ALED JONESのバージョンで聴いていて、好きだったのだ。Joseph Mcmannarsも Aled Jonesの『walking .in the air』を聴いて育ったのだと云う。そして、好きだったから自分のアルバムに入れようと思ったそうなのだ。

2の6. L'Arc～en～Ciel『DAYBREAK'S BELL』

hydeさんの歌詞が切なく、哀しい。ガンダムの主題歌なのに、反戦歌なところが凄い!! 切ない平和を希求する歌である。歌詞を引《ひ》用いてみよう。

『DAYBREAK'S BELL』

ねぇこんな形の出逢いしか無かったの? 悲しいね
貴方に死んでも殺めて欲しくは無い……お願い

運命さえ飲み込まれ沈みそうな海へと

願いよ風に乗って夜明けの鐘を鳴らせよ
鳥のようにMy wishes over their airspace.
無数の波を越え明日へ立ち向かう貴方を
守りたまえMy life − trade in your pain.
争いよ止まれ

ねぇ人はどうして繰り返し過ちを重ねてく?
進化しない誰もに流れる血が大嫌い
炎で裁き合う誰のものでもない大地で

形成七

澄み渡る未来が来たなら草花も兵器に
宿るだろうMy　wishes　over their airspace.
誰か揺り起こして悪い夢から覚まして
叶うのならMy life − trade in your pain.
どれだけ祈れば天に届く？

今、朝焼けが海原と私を映す

願いよ風に乗って夜明けの鐘を鳴らせよ
鳥のようにMy wishes over their airspace.
無数の波を越え明日へ立ち向かう貴方を
守りたまえMy life − trade in your pain.
争いよ止まれ

振り向かず羽ばたけ　この想いを運んで　あの空を飛んでく

とりわけ、ラストが素晴らしい。ガンダムぢゃなくても現実社会にも広めたい名曲である。

2の7．Sound Horizon『硝子の棺で眠る姫君』

Sound Horizon はミュージカル仕立ての楽曲を制作する音楽ユニットである。昔は自分たちですべての登場人物を歌い分けていたけれど、いまはある程度有名になったせいか、いろいろな声優さんや歌い手さんを曲ごとに多数起用している。

この『硝子の棺で眠る姫君』は、童話をテーマにしたアルバム『Marchen』に収録された楽曲で、「白雪姫」の物語がモチーフになっている。このヒロイン・雪白ちゃんがとにかく可愛い!! そして登場する七人の小人たちが可笑しな訛りで愉快だ。よく知られた物語どおり、毒林檎で仮死状態になって硝子の柩で眠る雪

白ちゃんの美しさに牽かれた王子さまが小人から死体を譲り受ける。この王子さまの登場シーンで、

ある男の特殊な性癖を君の復習に利用してみよう。

と云うナレーションが入る。特殊な性癖（苦笑）。Sound Horizonは、一緒に熱唱すると、本当に愉しい!! ひとりきりミュージカル♪ わたしはもともと声優の仕事もしていたため、声音を遣い分けるのは好きなのである。愉しすぎる!! とくに『硝子の棺で眠る姫君』は音域が合っていると見えて、一緒に熱唱すると最高である!!

まとめ。

いつも、なんらかの音楽をかけている。わたしは〈空白が苦手〉なので、流しているわけだけど。わたしにとって、音楽は空気にも等しい、なくてはならないかけがえがないものである。

基本的に音楽をかけていて、一緒にたいてい歌っていることが多い。紹介したものは勿論だけど、クラシックでも歌っている。音楽は素晴らしい!!

形成三・物語

3の1．紫式部『源氏物語』

はじめて読んだのは田辺聖子訳だった。謂わずと知れた、古典の名作中の名作!!
いろいろ訳されていて、与謝野晶子、円地文子、瀬戸内寂聴、変わったところで
云えば橋本治の『窯変源氏物語』。『窯変源氏物語』は、自意識の高い源氏の一人
称の語りがめちゃくちゃ面白い!!
けれども、訳よりも最近読んだ紫式部の原文のほうがずーっと面白かった!!
とりあえず、源氏がいろいろな意味で面白い!!　空蝉の弟の小君とのこととか凄
く好き♪　１２００年の時空をものともせず、色褪せない物語を思うたび、日
本人に生まれて善かったと思ってみたりする。

3の2．江國香織『きらきらひかる』

中学校の図書室で見つけて以来、大好きな小説!!　――アル中の妻・笑子にホモ

の夫・睦月、その恋人・紺くん。3人のちょっと奇妙な一年間の物語……。
文章を殆ど、暗記してしまっているくらいに大好きだ!!
詩的なまでに印象的なフレーズがたくさん出てくる。たとえば、

・あいつと結婚するなんて水を抱くようなものだろう。
・まるで水の　。優しいのに動けない。

などなど。表現のひとつひとつが、くっきりとわたしの中に刻まれている。物語はその表現もストーリーも、何処か透明感に充ちてわたしには感じられる。3人の純粋《ピュア》さが詩的なまでに描かれた究極の恋愛小説だと思っている。

個人的に笑子にはなれた気がしていて、今は『落下する夕方』の華子の限界を越えることが目標である。

3の3. Darren Shan『ダレン・シャン——奇怪なサーカス』をはじめとするダレン・シャンシリーズ

ハリー・ポッターが人気だが、わたしはだんぜん、ダレン・シャンシリーズを贔屓にしている。フリークショーやヴァンパイアが登場するダークファンタジー。冒頭に注意書きが掲載されているくらいのグロテスクさがある。なので、読むひとを選ぶかも知れないけれど、わたしは大好き♪　全12巻の壮大な物語は、はじめのほうの巻からは想像もつかないくらい大きなストーリーへと展開してゆく。だから、この本を読んで、ダレン・シャンシリーズを知った方には最初の巻をまず読んでみてほしいのだけど、つづく物語もぜひとおして読んでみてほしいと思う。最後まで読んでみると、気づく伏線もあり、作者・ダレン・シャン氏がいつ頃から最終的なかたちを構想していたのだろうと思わずには居られない。とにかく、ダレン氏の描き出すダークな世界観は秀逸だ。ほかに、悪魔との闘いを描いた『デモナータ』シリーズや初期の著作である『the City』シリーズもお薦めである!!

3の4．ジョナサン・ラーソン　ミュージカル『RENT』

折りに触れ、観返してしまうわたしにとって、聖書《バイブル》と云っても過言ではないほどに大切な大好きなミュージカルである。NYのアートシーン。若い芸術家たちの青春をロックミュージックに乗せて紡ぐミュージカル。同性愛、ドラック、エイズ、格差——90年代の問題を反映した作品は、「NO DAY BUT TODAY」のテーマで切実に迫ってくる。『RENT』の作者であるジョナサン・ラーソンは、上演前日に急逝している。その意味でも伝説的なこのミュージカルは、残念ながら時代に合わなくなったという理由ですでにクローズしている。なので、現在、生のミュージカルを見ることはできない。現在は、オリジナルキャストも何人か出演している映画版とブロードウェーの実際の舞台を収録したBlue-ray版で観ることができる。本物の舞台を観ることができないのは残念だが、「NO DAY BUT TODAY」のテーマはいつまでも色褪せない作品だと思う。だからこそ、わたしは定期的にこの作品を見直して、また新たな気持ちで歩きはじめる。ちょうど自分の立ち位置を確認するみたいに。お薦めだ!!

3の5．アンドリュー・ロイド・ウェバー『オペラ座の怪人』

子どもの頃、はじめて見たミュージカルがこの作品だった。まだこの作品がロンドンで生まれてからそう経っていなかった頃の筈だ。まず、シンセサイザーを多用したサウンドがドラマチックで素敵だ。パリのオペラ座を舞台にした作品で、オペラ団の下っ端女優・クリスティーヌがヒロイン。クリスティーヌの幼馴染み・ラウル。醜い外見を持ちながら、美しいものにこがれる怪人《ファントム》は、夢見がちで怯えやすいクリスティーヌに寄り添い、歌を教える。わたしの見る限り、クリスティーヌが従うべきは怪人《ファントム》に思われる。ラウルなんてクリスティーヌの性質を判っていないし、クリスティーヌ自身、途中までは怪人《ファントム》に惹かれているようにわたしには見える。なのに、怪人《ファントム》は報われない。この物語の結末は、時代の限界だろうか。最近、25周年を迎えた作品の現代版を見てみたい気がする。

3の6. 長野まゆみ『白昼堂々』をはじめとする凜一シリーズ

凜一シリーズはもともと『上海少年』と云う短編集に読み切りとして収録されていたものだ。のちにシングルカット(?)されるかたちで長編になり、さらに続編が出てシリーズ化された。長野まゆみは、デビュー作の『少年アリス』の頃から、少年を書きつづけてきた作家で、出てくる道具立ても世界観も言葉づかいも、独特でわたしは大好きだ!! とりわけ初期の長野まゆみは素晴らしい!! 凜一は、長野まゆみの登場人物にしては、年長だけど、凄く可愛い!! 少し面倒くさい性格も含み、善い!! その凜一の氷川との恋愛。長野まゆみは初期の作品ではほのめかすくらいだった少年愛のかほりが、最近の作品ではBL臭が半端ない! けれども、悪くない。そして、つづいていた凜一シリーズもすでに完結している。凜一と氷川はもちろんだけど、脇役がまた善い味を出している。お薦めである!!

3の7．ごとうしのぶ『そして春風にささやいて』をはじめとする『タクミくんシリーズ』

中学生の頃、角川ルビー文庫と云うBLレーベルが好きだった。とりわけ『タクミくんシリーズ』!! 兄から性的に虐待された過去を持つ人間接触恐怖症の葉山託生に、スーパー御曹司のギイ。ギイを好きだと気づいてからも、過去が引っかかって踏み出せない託生を強引にギイが抱くところがある。話が逸れるけれど、介助者にまき子と云うひとがいて、わたしはまき子が好きなのだけど、まき子と喧嘩したときにわたしは介助を拒否したけれどまき子に力ずくでトイレに行かせられたことがあった。「こうするのがいちばん善いんだ」と云いながら、託生の躰《からだ》を開かせたギイのようだと思わずには居られなかった（苦笑）。『タクミくんシリーズ』はさすがに旧いところもあるけれど、謂わば〈旧き善きBL〉と云う感じなので、お薦めである!!

まとめ。

小説とかミュージカルとか、わたしの形成に大きな影響を与えた物語たちを紹介してきた。わたしはけっこう物語に依拠《いきょ》していると思う。こうして挙げてみると、同性愛要素を含んだものが多いと云うことが散見されるかも知れない。

お薦めなので、触れてみてほしい!!

形成四・映画・アニメ

4の1．ルキノ・ビスコンティ『ベニスに死す』

もう垂涎モノ!! タッジオにビヨルン・アンドルセンを起用できたことだけでもこの映画は、価値がある!! かなしげなハンフリー・ボガートの老アシェンバッハを魅了する美少年・タッジオがそれこそ、奇蹟のように美しい!! ビヨルン・アンドルセンのオーディション映像をYou Tubeで視たけれど、ルキノ・ビスコンティのはしゃぎ方が半端ない!! セーターを脱がすところとか（苦笑）!!

『ベニスに死す』のほかもルキノ・ビスコンティ作品がわたしは大好きだ!! 豪華絢爛で耽美的かつ退廃的で素晴らしすぎる。とりわけ『ルートヴィヒ――神々の黄昏』がめちゃくちゃ面白くて最高だ!!

4の2．アニメ『新世紀エヴァンゲリオン』

TVシリーズをリアルタイムで体験したわたしとしてはもうすでに好きとか愉しみとかの感情を超えたところに位置している作品である。敢えて言語化を試みるならば、『呪縛』と云って介意《かま》わないと思う。

新劇場版がはじまり、Qで登場人物が成長しない「エヴァの呪縛」設定が登場した。視ているこちらとしては、庵野さんに「エヴァの呪縛で大人になれない」と云われている気分だった（苦笑）。2012年のQでは、カヲルくんとシンジくんがラブラブで何故かピアノの連弾をし、その最中に何故か蒼い馬まで走る（苦笑）。そのわりに、ラストは強引な展開だった。2020年に、最終が出るそうだが、ほんとうに出るのか、不安しかない。いちおう、特報予告は出ているみたいだから公開されることはまちがいないと思うけれど……。でも、公開されただけで終わらなかったらどうしようと思わずには居られない今日この頃である。

あと、関係ないけれど、綾波レイが好き。林原めぐみの声も好き。ところで、林原めぐみと云えば、屋台に行ったときに綾波が「にんにくラーメンチャーシュー抜き」とオーダーするシーンがあるが、そのオーダーはアドリブらしいと最近知った。もとの科白はなにかちがうラーメンだったそうだ。林原めぐみが咄嗟のアドリブで、「にんにくラーメンチャーシュー抜き」と云ったそうだ。だけど、いまとなっては、それ以外のオーダーは考えられないくらい、綾波レイと云う役にピッタリのセリフだと思う。林原めぐみはやっぱり凄い声優である。

話を戻すと、少しまえにフランスであったイベントで、新作の冒頭9分の映像が公開された。だから今度こそ、だいじょうぶだと信じたい!!

4の3. アニメ『コードギアス——反逆のルルーシュ』シリーズ

この作品は、2006年にTVシリーズがはじまったと云う旧い作品である。コードギアスと云う名前を冠した作品はさまざまなメディアでたくさん生み出されているが、これはその元祖となった物語。

わたしはずいぶんとあとになってから、『コードギアス——亡国のアキト』が公開されたタイミングでルルーシュの物語にはじめて触れた。そして、アキトそっちのけですっかりルルーシュに恋をしてしまった。続編であるR2もつづけて視て、完全にハマってしまった。物語はブリタニアの植民地となり「エリア11」と呼ばれている日本が舞台だ。もともと日本に人質として送られ、戦争のゴタゴタで死んだと思われているブリタニアの皇子・ルルーシュがギアスと呼ばれる絶対遵守の力だけを武器に祖国に闘いを挑む物語。ルルーシュのかなしさが際立つ物語。なにせ主人公が死ぬことで世界が少し平和になるラストなのだ。

それから10年以上のときを経て、新作映画『復活のルルーシュ』がつくられ、ルルーシュのサーガは完結した。この新作の話を耳にして、ルルは死んだでしょ？とふしぎに思ったものだが、観に行ってみると見事に無理なく、ルルーシュが復活していて、感心させられた。

コードギアスと云う名を冠した作品は数多《あまた》あるけれど、個人的には、ルルーシュシリーズさえおさえておけば善いような気がしている。

4の4. 映画『僕のバラ色の人生』

けっこう旧いフランス映画だが、とても好きな作品だ。主人公のおとこのこ・リュドヴィックはおんなのこになりたいと夢見ている。リュドヴィックが可愛すぎるし、隣家のおとこのこと仲良くなり結婚式の真似事をするシーンなど、ほんとうに微笑ましい。男性の染色体が「XY」であることを知ったリュドヴィックが「かみさまがYを間違えてつけちゃったんだ!!」と思うシーンがあり、その思い込みは周りから見ると思い込みなのだが、本人にはごく自然な自明のこととして描かれているところがTSの実際にそくしているように、わたしには思われて、好感を持った。難しい表現やシリアスな描写がなくても、たいせつなことを描くことができる、とこの作品は教えてくれている。

4の5. アニメ映画『心が叫びたがってるんだ』

やはりアニメ映画で名高い『あの日見た花の名前を僕達はまだ知らない』のスタッフが再集結して作ったと云う触れ込みの『心が叫びたがってるんだ』。観に行って、かんぜんに打ちのめされた、いや、善い意味で、である。けれど、この作品は危険でさえあると思う。なんだか、「くる」のだ。生理的に迫ってくる。物語の筋としてはそんなに複雑ではないが、なにか迫ってくるものがある。主人公が声を喪《うしな》うきっかけとなった事件など、嘘みたいな話である。だけど、あの絵と演技（声優の演技ももちろんだが、アニメーションの演技もあるのだと思う）で見せられると、ふしぎに苦しい。

「ほんとうの気持ちを云わないと病気になっちゃう」や「言葉はひとを傷つける」と云うメッセージが劇中劇の歌に乗ることによって、痛いほど伝わってくる。状態の整ったときに視てほしい作品だ。病みそうなときはお薦めしない。サントラもかなり善い!!

4の6．映画『Documentary of AKB48 show must go

『Documentary of AKB48 show must go on 少女たちは傷つきながら夢を見る』

数年前に上映されたＡＫＢ４８のドキュメンタリー映画『Documentary of AKB48 show must go on 少女たちは傷つきながら夢を見る』が素晴らしい。素晴らしいと云ってしまっては中に出てくるメンバーに申し訳ない気もするが、アイドルが消費の対象であるとするとこの映画ほどその残酷な現実を描ききったものもないだろうと思われる。作品は、「人災」により史上最悪だった西武ドームコンサート初日とその失敗を受けメンバーが悲壮に頑張った二日目を描いている。興業的には、三日目が善い感じにまとまった内容になったようだが、そこは映画的には見どころはないらしい（苦笑）。

映画はコンサートの舞台裏を織り交ぜながら進んでゆく。前田敦子がギリギリまで過呼吸で動けなかったのに、いざ本番となって、「あっちゃん、いけます!!」と舞台に上がり、会心の笑みでフライングゲットのオープニングをやってのけたり。大島優子が「次、わたし何処からだっけ?」と尋ねているのに、周りのスタッフが誰も答えず、「何処だっけ？　あれ？　あれ?」と云っているうちに、「何処だっけ……はぁはぁはぁ……」と倒れてしまったりする。だけどステージ上では、その直後に全力疾走をしたりして、プロ根性を見せる。AKB48なんて大したことないと一般に思われているかも知れないが、この『Documentary of AKB48 show must go on 少女たちは傷つきながら夢を見る』を視たら、気が変わること必至だ。

4の7. 映画『太陽と月に背いて』

子どもだったのだけど、R-15のこの作品を映画館に観に行った。映画館がアブナイ大人だらけだったらどうしよう……と気を揉みながら。(もちろん、杞憂だった。)

レオナルド・ディカプリオがランボーを演じている。アメリカの少年という感じなので、少しイメージがちがうとはじめは思ったものの、映画が進んでいくと気にならなくなった。有名な、詩人ヴェルレーヌと詩人ランボーの男色関係を描いた映画だ。画家のゴーギャンとゴッホも有名だけど、才能に牽かれると云うことがあるのかも知れない。ヴェルレーヌは顕かに若きランボーの天才性に溺れたのだろうし、ランボーもヴェルレーヌの詩人としての在り方に傾倒したのだろう。感情がもつれ、発砲事件を経てふたりは別れ、やがてランボーは詩を棄てアフリカへ旅立つ。ラスト近くのランボーは若いディカプリオには少し無理があり、滑稽だ。だけど、中盤のランボーはおそろしく綺麗だ。ディカプリオを綺麗だと感じたのはこの映画のヴェルレーヌとのセックスシーンだけだ、後にも先にも。そんなわけで、お薦めである!!

まとめ。

映画/アニメのお薦めをみてきた。ほかにも、好きな作品は多くてそれによって形成されたものを考えることはうれしくも、むずかしい作業になり、苦労した。

形成五・倉沢　翠《すい》

倉沢　翠《すい》と云うのがわたしの芸名で、舞台女優をやっていた。幼い頃に芝居がやりたいと告げると、母親から「あんたは顔が駄目やけ声優になり」と告げられた。長じたわたしは云われたとおりに声優の養成所に行き、その後、どうしたわけか、名のあるプロダクションに拾ってもらえた。そこはほんとうにわたしのような初心者は珍しく、演劇経験も何年もあるような新人がやっと入れるようなプロダクションだった。そこにぽつんと飛び込んだわたしは焦った。「演技経験つけなきゃ!!」と思い、舞台の演劇を学びはじめた。その後、舞台がとても愉しくて、本来の声優の仕事よりもメインになっていった。それは、２００６年の末に自殺未遂を図る直前までわたしの生業となった。自殺未遂の結果、車椅子生活となったため、舞台女優は辞めたけれど、演劇の仕事には今でも向いていたと思っている。

5の1．仕合わせなマリア・フォン・トラップ

そんなわけで市民劇団に入った。わたしはまだ大学生だったのだ。市民劇団の演出家はわたしをとても気に入り、子役を使いわたし主演のミュージカル『サウンド・オブ・ミュージック』の公演を計画した。わたしはジュリー・アンドリュースで名高いマリア・フォン・トラップに抜擢され、稽古に入った。

結果から云うと、公演は大成功だった。ただ、役者としてのわたしはダメダメで課題が残った。マリアは愛に生きた仕合わせな人物だ。だから舞台の上では役者としてのわたしも限りなく仕合わせだった。だけど袖に引っ込んだ途端、「次は上手から出るんだっけ?」と恐慌状態だったため、役者・倉沢翠《すい》は不幸だった。その倉沢翠《すい》を役の人物であるマリアが引っ張ってくれた。「ほら、行こうよ、あの光の世界へ!!」と。

こうしてわたしの初舞台は終わり、悔しさからわたしはもっと舞台にのめり込みはじめる。

5の2. 華やかなジョイス・立花

次の舞台は翌年。井上ひさしの『マンザナ、わが町』。わたしは日系ハリウッド女優のジョイスを演じた。このときはハリウッド女優ということもあり、美人として行動することを心がけた。わたしは実際にはまったく綺麗ではないのだが、舞台の上で美人として振る舞い周りからも扱われることで、舞台上にひととき限りの女優・ジョイスを顕現させることができた。このときのわたしの演技は、いまだに善かったと云ってもらえることが多い。

わたしは、役者として舞台をコントロールできたため、大学生活の中で芝居をやるのはこれで終わりということにした。わたしは市民劇団を辞め、大学生と声優の二足のわらじ生活に戻った。

5の3. ネットラジオの美少女エイリアン・AZ《アズ》たん!!

プロダクションとは、関係ないところでやったものに、ネットラジオの仕事がある。

もともと、声優になろうと思ったのは、アニメぢゃなくて、ラジオドラマに憧れたからである。中学生の頃、NHK-FMの『青春アドベンチャー』と云う10分のラジオドラマ枠にハマった。当時、演劇集団キャラメルボックスの成井さんの『サンタクロースが歌ってくれた』や谷山浩子の『悲しみの時計少女』がラジオドラマであっていて、とくに『悲しみの時計少女』はおもしろくてわたしは（わたしの周りも含め）すっかり夢中になった。『悲しみの時計少女』にハマった結果として、谷山浩子のことも好きになったが、ラジオドラマ内に出てくる時計少女役の前田悠衣《まえだゆい》さんの声にすっかり魅了された。とても可愛らしい声で、当時『青春アドベンチャー』では大活躍の声優さんだった。だけど、それ以外に情報はなく、長いこと謎の存在だった。（まだインターネットもなかったため。）本屋で「タレント名鑑」を捲ったところ、前田悠衣さんは元宝塚と云うことだけは判明した。どうやら女優さんのようだった。それはともかく、母親の薦めと『青春アドベンチャー』の影響で、わたしは声優の仕事をはじめたのであった。

話を戻すと、美少女エイリアン・AZたんとして、ネットラジオのキャラクターパーソナリティーを務めることになった。フリーだった木村はるか嬢とともに。このネットラジオは愉しかった。わたしのキャリアの中でもかなり気楽な部類に入る。演技、と云うよりもはしゃいで原稿を読んでいただけな気がするくらいだ(苦笑)。全12回の最後には歌まで歌わせてもらった。木村はるか嬢とのコンビも愉しかった。ちなみに、倉沢翠《すい》ではなく、「葉月詩乃」と云ういっ回限りの名前を使っている。

5の4. 型芝居の洗礼として庄野圭子ちゃん

これ以降がプロとして、立った舞台だ。規模的には今までの舞台も変わらないけれど、大学を卒業して舞台女優として生きて行こうと考えてから立った舞台だから、やっぱり区別されると思う。

3のところで、前田悠衣さんのことに触れたが、大学生になったわたしは、ご本人に直接お逢いするようになっていった。前田悠衣ファンサイトの管理人として、ご本人から情報をいただけるようになったのだ。インターネット様様である。そのうちにわたしは大学を卒業し、舞台女優となった。前田悠衣さんはテレビのワンシーン女優（本人談）を辞め、仕事の軸を舞台に移した。名前もその昔宝塚に入る前の子役時代に使っていた前田真理に改めた。わたしは相変わらず真理さんが好きで舞台にかよっていたが、わたしも役者をやっていると云うことで、真理さんが脚本と演出を務める若手を中心とした舞台によんでもらえた。

はじめはとても悦んだものだ（なにせ舞台に立つきっかけとなった女優さんに声をかけていただいたのだ）が、稽古に入るとわたしと真理さんの演劇観の相異は顕《あきら》かだった。真理さんの創る舞台は、ザ・型芝居だった!! 宝塚なので、ある意味当然かも知れない。とは云え、アプローチが異なるだけで、中身のない形だけの芝居というわけではない。ただ、形から入るため、型芝居に慣れていない駆け出し女優としては、役を掴むのに苦労した。わたしを視る真理さんのイメージだったのだと思うのだけど、わたしのキャリアの中では唯一鈍くさい役だ。この役は本当に苦労した。脚本を読み込んでもぜんぜん見えない。ストーリーを進めるために動いているようにしか感じられず、役の心情が掴めなかった。わたしはいままで、内面からアプローチするやり方しかやってこなかったので、内面が掴めない以上、外側に形が現れるはずもなく、稽古は途中まで惨憺たるものだった。わたしは無理やり庄野圭子ちゃんの行動の論理を編み出した。捏造した、と云い換えても介意《かま》わないだろう。もう時効だと思うから明かしてしまうけれど、登場人物のひとり（ロック少女）に恋をして、その子のために必死で行動したのだ。内面の行動の論理が掴めたわたしは、演出の真理さんからも褒められるようになり、無事に本番を迎えた。観に来てくれた劇団の仲間からも「いつもの翠で安心した」と云われ好評だった。ただ、教訓として、外部の舞台は大変だというのが正直な感想だった。型芝居が悪いとかではなく、たぶん目指しているものは同じだ、アプローチの問題として。わたしがとっていた方法論は、スタニフラーフスキー・システムと云うものだ。ロシアのスタニフラーフスキーが考案した俳優訓練法。ハリウッドで名高いアクターズスタジオのメソードのもととなったものだ。これは、役としての行動が役の心理を引き起こすという考え方の演技法で、心理学をやっていたわたしはそのいっけん不思議だけど真理をついた考え方に魅せられた。そうしてわたしはどんどん、演劇に傾倒していったのだった。

5の5．歌手を夢見る少女・渋江つぎ子

つぎちゃんは、劇団の付属養成所の卒業公演だったから、厳密にはセミプロと云うべきかも知れない。『骨《こつ》を抱いて』と云う作品。無邪気な女の子でいつも笑っている役。歌もよく歌う。たぶん素のわたしに近かったのだろう、観客の評判は大変に善かった。

ところで、この芝居の稽古に入る直前にわたしは一回目の自殺未遂を図った。第一詩集『水鏡』収録の［危険人物］のときだ。新宿高島屋の13Ｆの窓を開けて飛び降りようとして警察に捕まり、措置入院になった。そのことからも判るように、当時のわたしは苦しかった。死にたくて堪らなかったし、安定剤のレキソタンを常に飲んでいた。なにか不安になると4錠、強い不安だと6錠。一日、1シート程度。当時は、北九州の病院から薬を山ほど送ってもらっていた。とにかく、舞台に立っているとき以外の時間はほんとうに薄氷の心地で過ごしていた。或いは、

囲いのない塔のてっぺんを素足で歩いているような心地だった。舞台に立っているときは逆にわたしはどんなことでもできそうだった。その意味で、舞台女優は向いていたのだと今でも思っているが、それがますます現実からの乖離を助長することにも繋がっていったように思う。

5の6. 病弱美少女・亜由

こちらもプロダクションとは関係なく、やったオーディオドラマの仕事。因みに名前も倉沢翠ではなく、このときはじめてミカヅキカゲリを使っている。ところで、声優としてのわたしの声は病弱美少女の儚い感じらしく、そんな役ばかりだった。この役もその系統なのだけど、脚本が善くて、わたしのほうから「ぜひやらせてほしい」とオーディションを受けさせていただいた。そうしてやらせていただいたオーディオドラマの音源は珍しく、散逸することなく残っているのだが、それを聴いた介助者が「相手役の声優さんは知り合いなんですか?」と云っていて、おどろかされた。「あとにもさきにもこのとき限りしか逢っていません」

と答えたのだけど、「息がぴったりすぎて……」とのこと（苦笑）。

5の7．大抜擢!! ノーブルなお嬢様みたいなメイドのドゥニャーシャ

準劇団員だった頃、先輩たちの稽古を観に行った。毎日やっていた稽古を見学に行くのは、しかしそれがはじめてだった。その稽古で、ロシア人の演出家の目に止まり、役をもらえた。わたしはなんとなく目立つらしい。「あの子は誰だ？」と。毎日真面目に稽古見学をつづけていた同期には「いいな、翠は、華があって」と羨ましがられたりもした。

演目は『桜の園』。ロシアの劇作家・チェーホフの古典名作劇。19世紀の没落貴族の話。

わたしの役、ドゥニャーシャはその家のメイドなのだけど、ノーブルなお嬢様みたいなキャラの少女。すごく自然体でできたのだけど、この時期のわたしは或る

意味とても演劇に傾倒するあまりエスパーのようになっていた。仮令ば、ロシア語が通訳なしで理解できるのだ。だから、『桜の園』の稽古中、ロシア人演出家のダメ出しを聞くやいなや、通訳を待たずに袖に向かうので、通訳のひとがあわてて追いかけてきていたりした。だけど、わたしには理解できていたのだ。

チェーホフの『桜の園』のドゥニャーシャって云うメイドの少女（わたしってノーブルでお嬢様みたいでしょうと云うのが口癖。）を毎週のように演じていた。ロシアでは、劇場ごとに日替わりで演目が用意されるレパートリーシステムが一般的なのだ。わたしの所属していた劇団もロシア人の人間国宝的な演出家であるレオニード・アニシーモフを総合演出に迎え、東京ノーヴィレパートリーシアターと云うレパートリーシアターをやっていたのだ。

前述したように、日常生活のわたしは、ほんとうにつらかった。ただ、舞台に立っているときだけは楽に呼吸ができた。そう云う意味で、レパートリーシアターに舞台女優として参加したのは、仕合わせなことだった。いまでも誇りに思う。

まとめ。

役者としてのわたしを視てきた。２００６年の自殺未遂により、車椅子生活になったわたしは、舞台女優の仕事はできなくなった。
でもそのおかげで、ミカヅキカゲリとしていま、文章を書けているのだから、善としよう。

形成六．更紗

更紗（わたしのパソコン。少年。）がたぶん、持ち物中で、いちばん大切。買ったときは「高すぎる」と云ってみんなに顰蹙を買った。BTOでカスタマイズしていったのだが、ついはしゃぎすぎて27万円になった（苦笑）。そんなPCの名前が「更紗」。少年という設定だ（苦笑）。形成六として、更紗のことを取り上げたいと思う。

6の一．Hearty Ladder

わたしがPCを使う上で、Hearty Ladderと云う支援ソフトが欠かせない。このHearty Ladderを使うことによって、わたしは更紗を何不自由なく扱うことができる。Hearty Ladderは、基本的にはテキストエディタ。文字パネルがあり、流れていく枠線を任意の位置で止める。わたしはまえにも書いたことがあるが、右手の中指いっぽんでPCから繋がったジョイスティックのボタンを押す。それで文字の行を指定し、その中で打ちたい文字を指定する。

そのほかにも、Hearty Ladder は Windows 操作モードと云うものがあり、ほかのソフトを操作することができる。

ほんとうにありがたいこのソフトだけど、なんとフリーソフトなのだ。提供しているのは吉村さんという車椅子の方で、サポートも手厚く、またわたしの要望に答えて「ミカヅキさん専用パネル」を作ってくれたこともある。どれほど、感謝しても足りない。わたしもいつかそんなふうに誰かの役に立てるようになりたい!!

6の2. Photoshop CS2

数年前、Adobe が無償配布したものをめちゃくちゃありがたく使いまくっている。
Photoshop は、その名（写真屋）が示すとおり、もともとは写真のレタッチソフトである。だけどデザイナーたちがデザイン作業に無理やり使ってきた結果、デザインソフトの最高峰みたいになっている。

わたしも大学時代からこのソフトを使って、絵を描いたりデザインしたりしている。いまも、本の表紙やチラシやPOPのデザインはすべて、Photoshopで行っている。

†三日月少女革命†関係のデザインはもとより最近は装丁の仕事をいただいている。まだひとつしか（文化企画アオサギの小林佳美詩集『祈り』）、やっていないけれど、依頼されたときに「詩人デザイナー」との肩書きをいただいた。装丁の仕事を頑張りたい!!

6の3．InDesignCS2

InDesignCS2はやっぱり無償配布されたAdobeのソフト。本の組み版を行うためのプロユースのツール。InDesignはわたしが最近、おぼえたものだ。はじめは少し取っつきにくくてむずかしいと感じた。ネットで調べて、試して、また調べて、また試して、だいぶ使いこなせるようになってきた。InDesignCS2で組み版→PDFに出力→印刷所に入稿→本として完成する!!と云う流れもうまくできるようになってきた。

6の4. Google Chrome

世界につながった窓として、Web Browserは重要だ。わたしはここのところ、Google Chromeを愛用している。タブが欠かせない。よく使うサイトやブログなどを40個くらい、立ち上げるとタブが開くことになっている。見た目はかなり気味悪いけれど、便利である。Google Chromeは、グーグルアカウントにログインして使うことによって、ログインIDやパスワードを記憶してくれる。あまり善いこととは、云えないかも知れない。けれど、つい頼ってしまう。善いことぢゃないとは、判っていても……。他人《ひと》が万が一にも更紗(わたしのパソコン。少年。)に触れることができたとしたらどんなことでもできてしまうではないか!! けれど、「わかっちゃいるけどやめられない」と云うヤツである。とにもかくにも、Google Chromeは、優秀なタブ式なWeb Browserなのである。

6の5. ロリポップレンタルサーバー

わたしがインターネットに出会ったのは大学生になったのがきっかけだった。筑波大学の『学情』（学術情報処理センター）でわたしの世界は開かれた。文字どおり夢中になった!! インターネットは素晴らしすぎる!! 情報が溢れている。検索すれば、なんでも判る。

ただ、当初、ダイヤルアップ接続であったため、ひと月の電話代の請求が9万円を超えてしまったりもした（勿論両親に滅茶苦茶怒られた!!）。

そして、大学生のときに授業の課題でホームページを作ったことによって、ホームページを作るようになった。それから20年以上の歳月が流れたけれど、いまでも、ホームページを持ちつづけている。２００２年頃から独自ドメインを取得するようになった。独自ドメインを運用するために、ロリポップレンタルサーバーだ。『ナウでヤングなレンタルサーバー』と云うweb広告で有名な格安レンタルサーバーだ。ロリポップレンタルサーバーで、ずーっと独自ドメインのサイトを運営してきたが、なにか不便を感じたことはないし、使いやすくて気に入っている!!

6の6．Bootstrap

Bootstrapはホームページを作るためのフレームワークである。ホームページを作るためのひな型だと思ってもらえば善いだろう。提供元はなんと!!　あの「Twitter社!!　なので、当初は『Twitter Bootstrap』と呼ばれていた。わたしがBootstrapを知ったのは、ひいきにしていたPodcast『ひいきびいき』でパーソナリティのひとりである迫田大地さんが話されていたことがきっかけである。タグ手打ちをはたとせほどつづけてきたあとで、技術的なリノベーションをわたしは思いついた。そして、Bootstrapを習得するために勉強をはじめた。Bootstrapで作ったちいさな出版社＊†　三日月少女革命　†のサイトはこちら。

▼http://3kaduki.link/

6の7．WordPress

WordPressは、云わずと知れたブログのシステムである。ブログが登場しはじめたころはMovableTypeが主流だった。が、MovableTypeには、致命的な欠陥があった。それは過去ページへのリンクと云う発想がないことだった。故に、のちにWordPressが登場してから、WordPressが一気に広まった感がある。WordPressは優れもので、テーマやプラグインも世界中に豊富に配布されている。わたしも2002年くらいからつづけていたウェブダイアリーをWordPressにインポートしていまもブログをつづけているけれど、不便もなくて気に入っている。

WordPressブログ■ヒトリゴタク■▶http://5ta9.3kaduki.link/

形成七．ミカヅキカゲリ

7の1. 赤い電動車椅子

ミカヅキカゲリのキャッチコピーはこうだ。『赤い電動車椅子と長い黒髪がトレードマークの詩人・ミカヅキカゲリ』!! わたしが車椅子になったのは約10年くらい前だ。はじめはベッドみたいに巨大なリクライニングの手動車椅子をレンタルした。それでも、短時間しか乗っていられなかった。まだ、東京医療センターに運ばれたばかりの頃。

その後、北九州に帰郷して、軍隊みたいなリハビリ専門病院に転院した。リハビリ専門病院でも当初は、巨大なリクライニングの手動車椅子に乗っていた。半年ほど経って転院した先の小倉リハビリテーション病院で、はじめて電動車椅子を貸与された。世界が広がった!! わたしは夢中になった。次の転院先でリハビリの先生方が協力してくれて、自分の電動車椅子を手に入れた。申請して、作るのだ。赤い電動車椅子。

はじめての電動車椅子は、わたしの翼代わりとなり、そうして一部で有名にさえなってゆく。短歌同人誌のかばんの仲間にはじめてお逢いしたときも、先方は赤い車椅子を目印にわたしをすぐに見つけてくれたものだ。そして云われた。「カゲリさん、ほんとうに赤い車椅子だ!!」もちろん、赤い車椅子に決まっているのだけれど……(苦笑)。

それから、8年くらい経ち、車椅子を新調したけれど、やっぱり赤い電動車椅子をわたしは作った。それが今の車椅子。

ところで、車椅子は地味な色合いのものが大半らしく、わたしの赤い電動車椅子はとにかくよく目立つ。いち度、障害者の大会に参加したことがあるのだが、会場はほぼ黒一色。つめかけた数百人を超える障害者の大半が車椅子なのだが、色合いがほとんど黒なのだ。これには、おどろきを禁じ得なかった。

赤い電動車椅子は、わたしの翼だ。


1Gを重たく感じうからだには電動車椅子翼の代わり　　ミカヅキカゲリ

7の2. ダブル(身体+精神)の障害者手帳1級

わたしはダブル（身体＋精神）の障害者手帳を有している。等級はどちらも1級。身体障害は四肢麻痺。自殺未遂がきっかけだった。もう車椅子になってから、10年以上が経過した。

精神障害は、手帳に載っている疾病としては統合失調症。統合失調症は、自殺未遂を図った時点でそう判断されたのだ。だけど、統合失調症の症状自体は実際のところ、殆ど見られないため、寛解していると云っても介意《かま》わないかも知れない。それよりも重大事は発達障害がもたらす特性のほうだろう。わたしの〈生きづらさ〉の根幹をなすものである。

よく知られているように、発達障害は脳の器質的異常に起因する。わたしも赤ん坊の頃に死にかけて脳に障害を負っている。死ぬか植物状態、意識がもどったとしても重篤な知的障害が残ると云われたそうだ。しかし、知能には障害が残ることはなく、情緒面に障害が残ったのだそうだ。いまになってみれば、発達障害の要因になったことは想像できることである。

ところで、発達障害も幅広いけれど、わたしはアスペルガー症候群と呼ばれる高機能自閉症である。カナー症候群と呼ばれる一般的な知的障害を伴う自閉症とちがって、知能は寧ろ高い。言語の発達にも遅滞は見られない。しかしながら、その言葉遣いは独特で、奇妙に難解な言葉を使うことがよくある。

わたしの言葉遣いも、あまり口語的ではないとよく指摘される。以前詠んだ短歌。

・すい狂や屠ると云う語を解すゆえ、わたしはどこか周囲から浮く　ミカヅキカゲリ

7の3．過覚醒傾向

基本的に過覚醒傾向にある。クスリなど使うまでもなく、いくらでもトリップできる性質《たち》だ。

昔、ふつうに歩いていて、ヤクの売人に声を掛けられたことがある。

「おねえちゃん、ほしいんでしょ？　いいのあるよ？　眸《め》を見れば判るよ!!」

こちらは完全に素面だったのに、お兄さんは確信を持っているみたいだった。

日常の中で基本的に過覚醒傾向にあるわたしは、意識が研ぎ澄まされすぎると、或る種の幻覚さえ見はじめる。幻聴や幻視などがはじまるのだ。おそらく幻覚が

はじまるのは、統合失調症の症状が出てくる時期であろうと思われる。その前数か月、わたしは何も食べない（或いは食べられない）飢餓状態にあることが経験上判っている。栄養の欠乏が認知機能障害をもたらすのだろうと考えている。幻覚はとてもふしぎな体験だ。仮令《たとえ》ば、車に乗っていて、車窓を流れてゆく景色とカーナビが示す地図がまったく食い違っていたりする。あの奇妙さは、筆舌に盡《つく》し難い!!

過覚醒状態がもたらすことのもうひとつは、異常なまでの躰《からだ》の凝りである。過覚醒傾向のために、躰《からだ》がいつも緊張しているのだ。舞台女優だったころ、夜型の生活をしていたわたしは、朝になってからシャワーを浴びて、整骨院に行って凝りを解してもらわないと眠れない日々だった。

過覚醒傾向にあるわたしは、いまでもあんまりリラックスできない。最近になって、20年ぶりくらいに眠れるようになったけれど、ずーっと不眠症だった。

7の4．SAS（睡眠時無呼吸症候群）

どうやらSAS（睡眠時無呼吸症候群）らしい。介助者が気づいてくれた。詳しい検査をしたところ、案の定SAS（睡眠時無呼吸症候群）である、と診断された。具体的なデータによれば、平均して1時間あたり、42回の無呼吸が発生しており、最長持続時間は驚異の2分弱!!　SPO2なんて、72だ!!　死んでるぢゃん!!

治療はシーパップと云うマスクを装着して眠るだけ。シーパップがひと晩中、鼻に酸素を送りつづけて無呼吸になるのを防いでくれる。さらに、睡眠をモニターしてデータをリアルタイムで病院に送信する。

シーパップの治療をはじめて、ふた月あまりが経過したところだが、効果は絶大である!!　無呼吸の1時間平均はなんと2回未満まで改善されている。なにより熟睡できるようになった。ただ、シーパップの治療は半永久につづけるものらしい。それは幾分面倒くさいけれど、まあしかたないだろう。

7の5. Xジェンダー（F+X）

ところで、わたしはLGBTQと呼ばれるセクシャルマイノリティである。詳しく述べるならば、Xジェンダー（FtX）なのである。わたしは一見、〈可愛いオンナノコ〉としてパスしやすい。だから、わたしはよく〈女装〉をする。世間は狭量ゆえ、カテゴライズできないも許容しないから、〈可愛い車椅子のオンナノコ〉のふりをする。わたしは下手に咎められたくないから。

打ち明けてしまうと恋や愛は、よく理解できない。わたしは或いはわがままなのかも知れない。誰かの一挙一動に翻弄されるなんて考えるだけでもおそろしい!!

自分の感情を支配《コントロール》していたいのだ。

でも、一方では密かに憧れてもいたりする。厭《いや》だとか考える余裕などないぐらいに心ごと掠めて奪い攫われてみたい!!

3の6. いい気な大人は叱られる

中学生の頃、江國香織の小説『きらきらひかる』の自由奔放なヒロイン・笑子さんに憧れていた。だが大人になったいま、笑子さんにはなれた気がする。そのあと、やはり江國香織の小説『落下する夕方』に衝撃を受けた。華子が中盤で自殺するのだ。その華子の口癖が「いい気な大人は叱られる」だ。このフレーズは、それこそ呪いのように、わたしに貼りついて刻まれた。いい気な大人は叱られる——……。わたしにとっては、自殺未遂から生還して生きようと覚悟を決めたいまでも、解決できない禍根になっている。わたしはわりあい能天気な性質《たち》で精神的には未だに思春期めいたアンヴィバレントさを手放せずにいるようなところがあって、ふだんはだいじょうぶなのだけど、たぶんわたしの中には遂《とう》に絶望が巣くっているのだ。そうして、時折、噴出する。そんなときに詠んだ短歌連作。

煉獄

たすけてよわたしはよわく歪みきりもはや価値なく消えてゆきたし

ひとの世に交わるひとりひとりきり愛してもらう資格もなくて

反省や人語届かぬ暗がりでなおもゆれてるひかりのわたし
高熱にからだ揺らぎつおちてゆくゆるされたいなど別世のゆめで
自由だと思ったことは幻想か　われに自由は望めないのか
存在がひりつくような心地してことばにすがるだいじょうぶだと

答えは見えない。

3の7．ゆるされぬ花見

コロナ旋風はげしき折に、わたくしにできることなど、存在するのか、と考えてしまう。そもそも、わたしが存在することがなにかのまちがいように感じずには居られない。
でも、こんなときだからこそ『言葉の力』を信じていたい!!

短歌
介助者の腕いちめんの白い傷　越えてきたよねはないちもんめ　ミカヅキカゲリ

パンデミックのなか、『ベニスに死す』と『RENT』を繰り返して視て無聊を託つ……（伝染病つながり）!! 介助者やただぴ（父上）が外出を全力で止めてくる昨今なので、滅入りがちなココロをせめて励ませればと、わたしはことばを綴る。或いは、ことばに縋る。

短歌
わたくしもそんな若くはないけれど「老害め!!」など吐き出してみる　ミカヅキカゲリ

短歌

まなうらに桜を描きゆるされぬ花見の代わり桜花絢　ミカヅキカゲリ

短歌
すこしずつ動かぬ指の巻き爪を剥がしゆきつつ切ってくれる手　ミカヅキカゲリ

この短歌、まき子に「爪を剥がすみたいでこわい!!」と云われてしまった（苦笑）!!

形成七

そんななか、まき子と夜桜を観に行けた♪

短歌
見上げつつ桜トンネル歩んでくこんな沈黙なんだか善いね　ミカヅキカゲリ

短歌
イヴの夜　君と歩んだ　ひかるよる　永遠さえも含んだ刹那　ミカヅキカゲリ

短歌

君まるでSiriみたいだね喋り方理詰めに加えわからず屋だし　ミカヅキカゲリ

短歌

今日ってねベートーベンの誕生日!!」「……ベートーベンさん、よく知らないし」　ミカヅキカゲリ

せめて誠実に、せめて真摯に、ことばと対峙しよう。

そんなことを思っている。

（了）

あとがき

エッセイ集『形成七《セブン》』、企画段階はきわめて気楽にはじめたはずだった。けれど、いざはじめてみると意外と難産となった。
だけど、好きなものについて語る行為は、たいへんに愉しいものだった。「好きなもの」と云うか、わたしを「形成してきたものたち」。

・わたくしをかたちづくったものたちを並べてみよう形成七《セブン》　ミカヅキカゲリ

はじめに．でも述べたが、状況の変化によって本の内容にも多少変化を加えた。
その結果、押し出されてしまった内容を付け加えて、あとがきを結びたいと思う。

［幻のポテトチップス3分の1理論］
いまだに少しふしぎに思っていることがある。理論上完璧に見えた、［ポテトチップス3分の1理論］のことだ。

理論はシンプル。

ポテトチップスを食べるときに毎回3分の1を残す。それを繰り返せば、ポテトチップスは永遠になくならない!! わたしはそう考えた。

しかし実際には、理論は敗北してしまった。

納得行かない、と云う話。


形成七にも記したとおり、わたしは個人的に悩みのなかにいる。しかし、周りを見渡してもそう状況は変わらない。世界は滅亡に向かっている気がしてこわい。世界すら危ういいま、わたし自身も危うくて、どうすべきかも混迷のなかだが、ひとつだけ気づいた。

〈わたし〉を考えすぎなのかも知れない。自意識がわたしを生きづらくする。自意識なんか忘れたところで、誰かやなにかのために、必死に行動する……その先にしか、希望は存在しない気がする。

『形成七《セブン》』をお届けしました。お読みいただき、ありがとう御座いました♪

形成七

†三日月少女革命†

書名　形成七《セブン》

著者　ミカヅキカゲリ

発行　†三日月少女革命†

発行日　2020年5月3日

印刷　しまや出版

定価　1200（税抜き）円

ISBN　978-4-909036-11-7

URL　http://3kaduki.link/

NexTone 第 PB44673 号

JASRAC 出 1912344-901